AF872875

```
                    `           '
;,,,                `           '               ,,,;
`SISI888bo.       :       :        .od888SISI'
  8qpqpqpqpb.      :   :      .d8dbdbdbddb
  8MAGIA`   `Y8b.    `    '    .d8Y'  `MAGIA8
 jTUTU!  .db.  Yb. '    ' .dY  .db.  8TUTU!
   `888  Y88Y     `b ( ) d'     Y88Y  888'
    8MYb  '"         ,',          "'  dMY8
   j8eSTRELLagf"'    ':'    `"?g8eSTRELLak
      'Y'   .8'     d' 'b     '8.   'Y'
       !   .8' db  d'; ;`b  db '8.   !
          d88  `'  8 ; ; 8  `'  88b
         d88Ib   .g8 ',' 8g.   dI88b
        :8NUESTRO8Y'     'Y88AMOR888:
        '! IDEM888'       `888IDEM !'
           '8Y  `Y         Y'  Y8'
            Y                  Y
            !                  !
```

```
M   M                                     l             b           h       t
MM MM ii                                  l             b   ii      h   ii  t
M M M         aa mmmm  ooo rrr      aa    l ooo  ss     bbb      ccc hhh    ttt ooo  ss
M   M ii     a a m m m o o r       a a    l o o  s      b  b ii c   h  h ii  t  o o  s
M   M ii     aaa m m m ooo r       aaa    l ooo ss      bbb  ii  ccc h  h ii  tt ooo ss
```

# Mi amor a
# LOS BICHITOS

## En un rincón soleado del jardín

vive Estelar, un escarabajo bailarín que sueña con las estrellas. Un día, encuentra un mapa del tesoro y salta en una burbuja mágica que lo lleva a un viaje espectacular entre las estrellas. Allí, se convierte en una guía para otros bichos, enseñándoles que los sueños traen alegría. Junto a Luz, una cucaracha especial, ambos demuestran que la amistad y el amor son los tesoros más valiosos, transformando su hogar en un lugar de igualdad y belleza.

## Valores implícitos

A través de las aventuras de Estelar y Luz, se resalta el valor de la cooperación y la aceptación de las diferencias. La historia enseña que la amistad y el apoyo mutuo pueden superar cualquier obstáculo y que la belleza está en la diversidad. Además, fomenta la idea de que los sueños y la creatividad son esenciales para encontrar la felicidad y el propósito en la vida.

Wooobooks

**Mi amor a los bichitos**

© del texto: Violeta Nicolás
© de las ilustraciones: Miriam Nicolás
© del diseño y corrección: Equipo BABIDI-BÚ

© de esta edición:
Editorial BABIDI-BÚ, 2024
Avda. San Francisco Javier, 9, 6ª, 23
Edificio Sevilla 2
41018 - SEVILLA
Tlfn: 912.665.684
info@babidibulibros.com
www.babidibulibros.com

Impreso en España
Primera edición: noviembre, 2024

ISBN: 978-84-10412-94-1
Depósito Legal: SE 2227-2024

Reservados todos los derechos

BABIDI-BÚ

# Mi amor a
# LOS BICHITOS

Violeta Nicolás    Ilustrado por: Miriam Nicolás

A mi hijo Elí As de todo
corazón y estrella polar

En un *rinconcico* verde, bañado de sol, vivía Estelar, un bicho *apañao*. Con ojos de lince, patas de bailón, soñaba con astros en su corazón.

Bajo la Luna, su danza era un don, en su bola de estiércol, sin preocupación. Giraba y soñaba, sin razón, guiado por estrellas que son su inspiración.

Un destello en la tierra robó su atención, un mapa al tesoro, que siempre buscó. Joyas en un cofre, bajo el cielo azul, no, su pompa de jabón, ¡qué cambio tan sutil! Con un brinco ligero, en la pompa saltó y hacia las estrellas, Estelar despegó. Entre nubes suaves y aves sin par, la pompa lo llevó a un lugar espectacular.

Allá en el cielo, entre constelaciones, Estelar encontró nuevas emociones. Cada noche, desde la vía astral, a otros bichos orienta en su viaje sideral. Con las estrellas, por brújula y guía, les muestra que en sueños solo hay alegría.

Estelar, el escarabajo, se tornó en leyenda, por la burbuja estrellada que hace realidad los sueños.

En la *zudiá* húmeda, sombreada y cálida como el viento, vive Luz, la señora cucaracha, siempre en movimiento.

No es una cucaracha cualquiera, parece llegada de otro planeta. Luz sueña con cambios, y en detectar el peligro no tiene igual.

Junto a Estelar, el escarabajo que vino de las estrellas, comparten sus días y noches entre rayos y centellas. Creen en la belleza, en la fuerza de la amistad y en una *zudiá* donde todos vivan en igualdad.

—¡Adelante, Estelar! ¡La esperanza es nuestro tesoro, y en la *zudiá* no sobra! —con entusiasmo, Luz proclama.

Sobre la bola de abono danzan, a *casico* hecho, sin nunca parar, convencidos de que su amistad la *zudiá* puede transformar. Luz, orgullosa de su papel en la naturaleza, a Estelar anima, y en su danza liberadora, la Luna a ambos ilumina. A todos los bichitos guían y sueñan. Nos enseñan que el amor y la amistad son el mayor tesoro, y que incluso en la *zudiá*, una cucaracha no es plaga, suma a su decoro.

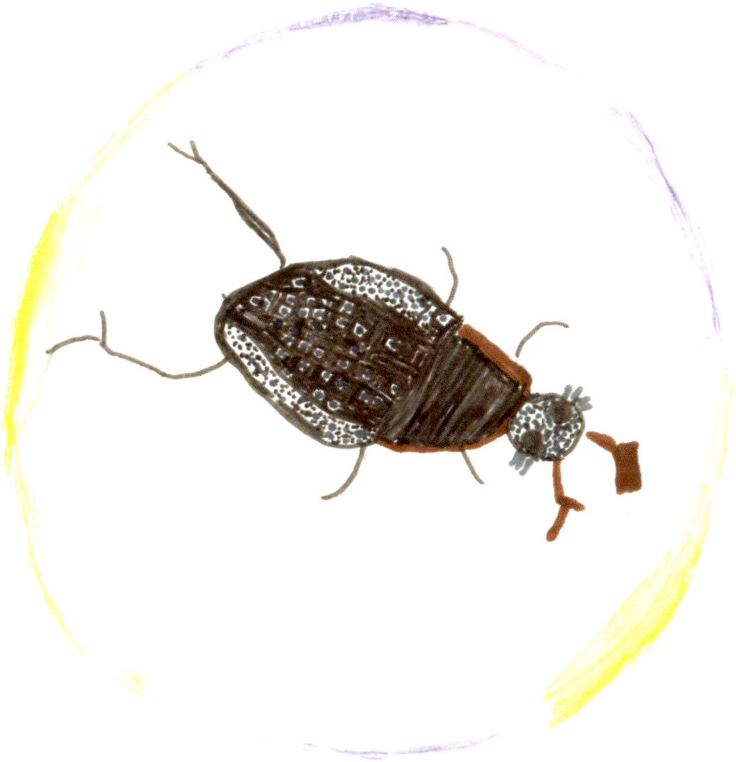

En un rincón del jardín, pequeño y escondido, vivía un *bichico* bola, tímido y encogido. Su caparazón redondo como una bola de algodón lo protegía del mundo, de la incertidumbre y la confusión.

Cuando el Sol se escondía y la Luna asomaba, el bicho bola se hacía aún más pequeño, se encogía.

Las estrellas brillaban en el cielo nocturno, y él soñaba con ser valiente, con cambiar su destino.

Un día, mientras rodaba por la hierba fresca, se encontró con la mariposa azul, ligera y traviesa.

Ella le dijo:

—Bicho bola, ¿por qué te escondes tanto?

Tienes un corazón valiente, solo debes dar el salto.

El bicho bola tembló, sintiéndose vulnerable, pero algo en sus ojos brilló, una chispa inquebrantable.

«¿Cambiar?, ¿podría yo ser diferente? ¿Dejar de esconderme y rodar libremente?», pensó.

Así que decidió enfrentar su miedo y su inseguridad, se desplegó lentamente, dejando atrás la oscuridad. Se convirtió en una pelota de luz y esperanza, rodando por el mundo sin temor y lleno de *bonanza*.

El bicho bola cambió su destino, su forma de ser, dejó atrás la timidez y aprendió a crecer.

Y desde entonces, rueda por la vida con alegría, siendo él mismo, sin ocultarse, ¡qué maravilla!

En el jardín de la seda, donde las hojas son suaves al viento, vive un *busano aguilao*, artista del sentimiento.

Con mordiscos milimétricos, en las hojas dibuja mensajes de amor y cariño, que improvisa con su singular aguja.

No escribe con tinta ni pluma, sino con su corazón, y cada hoja es una carta llena de emoción.

«Hilo de seda es amor», «Mi capillo es tuyo», y «e quiero» son algunos de sus mensajes que deja con salero.

Los insectos de la morera, al ver su obra se asombran; las mariposas que revolotean con alegría se posan. El *busano aguilao*, con su arte singular, nos enseña que el amor en todo lugar puede brotar.

En un rincón secreto de las sierras del sur, donde los barrancos susurran al viento, habita el duende azul, Cupido lorquinii, con alas de terciopelo y destellos de firmamento.

No es solo mariposa, sino magia en vuelo,
con polvo de estrellas en cada batir, y en su danza ligera, un hechizo despliega, invita al corazón a latir, a *enjugascarse...*

Es guía de sueños, de deseos pequeños; en su vuelo, la magia del duende se desata, acaricia la tierra, en su danza precisa.

Atraída por el sudor y por la sal de la vida, sobre los dedos se posa, mariposa atrevida.

Con su energía amorosa, el mundo embellece, y en su veloz travesía, la vida enaltece. Cupido lorquinii, duende de la naturaleza, nos enseña que en lo pequeño, hay grandeza.

Entre las sombras y luces del día, el duende azul extiende su fantasía. Nos recuerda que cada criatura, cada instante, es un regalo: una burbuja brillante.

```
     zYz              w          .-=-=-=-.  w                       zz
                                (`-=-=-=-=-`)      vy       zx
vy        zYz      zx        (`-=-=-=-=-=-=-`)  w      db
vy        zum                (`-=-=-=-=-=-=-=-`)  w                 w
                            ( `-=-=-=-(?)-=-=-=-`)    nu            ZN
db                         (`-=-=-=-=-=-=-=-=-=-`)  vv                  d
qp                         (`-=-=-=-=-=-=-=-=-=-`)          qp
     db                     (`-=-=-=-=-=-=-=-=-`)               vw    db
     qp            zYz      (`-=-=-=-=-=-=-=-=-=-`)  vy
          db                 (`-=-=-=-=-=-=-=-`)        un
          qp                  (`-=-=-=-=-=-=-`)    w            wvx
                ZN        db     (`-=-=-=-=-`)         NZ
                          qp      `-=-=-=-=-`
          NZ
vy        zx                          db
                                      qp
dib
q!p                                                dib
     dib                                           q!p
     q!p
          dib
          q!p

ZN                  zYz


                        zYz                                  dib
                                                             q!p

              zYz          sis


                                                 sis
```

En un día soleado, de trabajo y afán, la hormiga encontró un panal de miel, ¡qué hallazgo genial!

Con presteza se acercó, sin pensar en el final, y se quedó presa de patas en él, vaya lío sin igual.

La miel era pegajosa, más de lo que imaginó, y nuestra amiga hormiga pronto se preocupó.

Intentó moverse, pero estaba bien *atascá*, y la miel en su tripa, ¡ay, qué *indigestá*!

Pero las hormigas son fuertes y no se rinden jamás, pronto sus amigas vinieron al rescate. Juntas, con esfuerzo y mucha solidaridad, liberaron a su amiga de la miel y la ansiedad. La hormiga aprendió, mientras se limpiaba sin parar, que aunque la miel sea tentadora y rica sin dudar, es mejor disfrutarla con medida y sin exagerar.

Entre retama negra y zarzamora, callado y fino, se camufla el insecto palo ser singular, maestro del disfraz. Durante el día no se mueve ni una *miaja,* espera a la noche y comienza su juego.

Cuando el sol se va a dormir y la luna es un farol, él se estira y bosteza, y empieza su rol. Se camufla entre las hojas, que es un campeón, y solo sale de noche...

Es listo y muy vivo, en la oscuridad confía, para dar sus paseos, cuando nadie lo mira. El insecto palo de noche se anima, y bajo las estrellas, su vida rima.

GRI
OuW
GRI

En un verano vibrante, bajo el sol resplandeciente, un grillo weta canta, su voz es persistente.

Con ritmos de la era de los grandes dinosaurios, alegra los días, ¡qué espectáculo tan notorio!

Desde el Jurásico viene, con historias que relata, de un mundo antiguo, su música nos arrebata.

Con cada chirrido, una danza se desata, y en la imaginación, un T-Rex se retrata. Bailan los niños y los mayores con afán, al son de este grillo, que sabe animar el plan.

Es un viaje en el tiempo, a un pasado remoto, donde los dinosaurios dejaron su anecdotario.

Así el grillo weta, con su canto singular, hace que cada verano sea un tiempo a recordar.

Con ritmos prehistóricos y un aire ancestral, nos recuerda que la música es un tesoro sin igual.

Y aunque la *hestoria* sea una *miaja* exagerada, el mensaje es claro: la música es aliada. Nos transporta a tiempos donde todo era novedad, y nos enseña que en la vida la alegría es la verdad.

GRI

oYO

YO

al son de este grillo yo Uou uow uow

GRI

que sabe animar el plan

GRI

IRGGRI

A

RR

GRIIRG

A

RR

Grh

GRIIRG

Yooooooooooooooooooooooooooooooooooo

En un jardín susurrante, donde el viento canta, vivía una mariquita, que el mal espanta. Sus puntos como dados, en su espalda un *bujero*, decidía su camino, con el azar por sombrero.

«Los puntos en mis alas, como en el dado están, marcan mi destino, en cada vuelo van».

Con la ruleta que gira y los dados de su buena suerte, la mariquita confiada sin canguelo pedía un deseo: «¡Lo imprevisible es mi fuerte!».

Bajo el sol baila y en la lluvia salta, en cada pirueta, una nueva ruta traza. Al jardín vecino o en un charco, su reflejo encontró, siempre alegre y danzante, porque la fortuna así lo decidió. Nos enseña la mariquita, con su vuelo sin par, que dejar algo al *albur* puede ser espectacular.

La chicharra *achicharrá*, en la solanera del día, solo piensa en su cantar, esa es su melodía. Repite sin cesar, bajo el sol que arde y quema, su timbal es un mantra, en la siesta extrema; cuando lo escuches, a la sombra has de estar.

No busca variar ni cambiar su tonada, quiere amores, su esencia estival besa. En el campo resonará, la chicharra *achicharrá*, su eco persistente, llamas de verano, siempre presente.

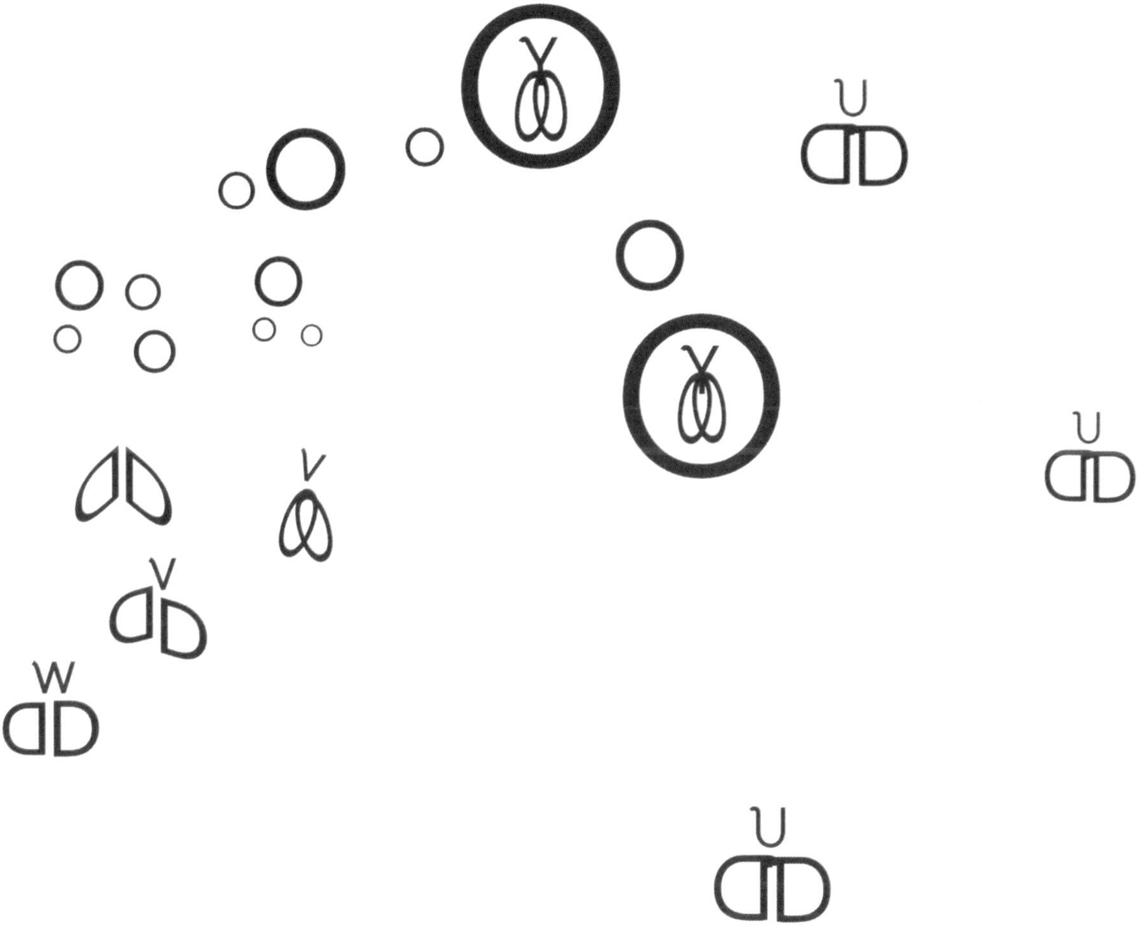

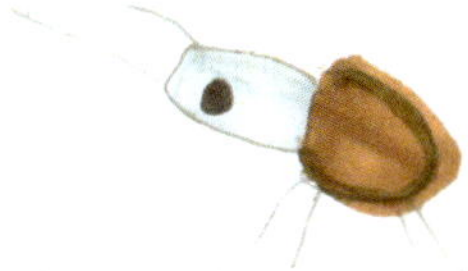

En un olivar donde al alba, todavía con *boria*, la perdiz roja canta, vivía un caracol, Helicella gasulli, que con su porte arrebata.

Soñaba con una concha, alegre y cambiante, que con el sol se transforme, ¡un deseo brillante!

«Quiero rayas y lunares, ser una espiral, que mi morada sea única, con mil detalles titilantes. No más marfiles y manchas oscuras, eso es tan raro de ver, quiero ser normal, en la hierba un hermano».

Con paciencia y amor, el caracol, sin aperrearse, se puso a trabajar, pintó su concha con rocío, bajo el sol a brillar.

Con jugos de bayas, pétalos y carbón, creó un diseño, ¡una verdadera revolución!

El abejorro vacilón, con su vuelo zigzagueante, burla al viento y al sol, con un zumbido constante.

Se pavonea entre las flores, con su traje a rayas, y en el jardín de colores, las risas ensaya. Con su trompa como espada, liba a *porrillo* el néctar con pasión, y en cada flor visitada, crece su canción.

No hay quien le iguale en su danza aérea, el abejorro vacilón es la alegría de la pradera.

En el ángulo sombrío del *güerto*, una misteriosa araña *afilá*, con patas delicadas y ojos que todo lo ven, tejía su telaraña, un arte por comprender. Sus hilos eran de plata, con brillos de luna llena, formando triángulos perfectos, una obra que atrae y enseña. Pero un mosquito trompetero tropieza con la red en su vuelo, y queda atrapado en la seda fina; un sacrificio en el juego cósmico. Su presencia es parte del equilibrio en la cadena de la vida. El mosquito, al picar al humano, nos incordia y nos hace maldecir, pero también alimenta a las aves, a las ranas y a las arañas.

La araña, en su silencio sonriente, hilvana la red, nos recuerda que todo está conectado, que el cosmos y la mente son enjambres, tejidos de hilos invisibles y de misterios.

Así como las neuronas en nuestro cerebro, con sus conexiones sin fin, guardan nuestros pensamientos y recuerdos, la telaraña guarda secretos del universo.

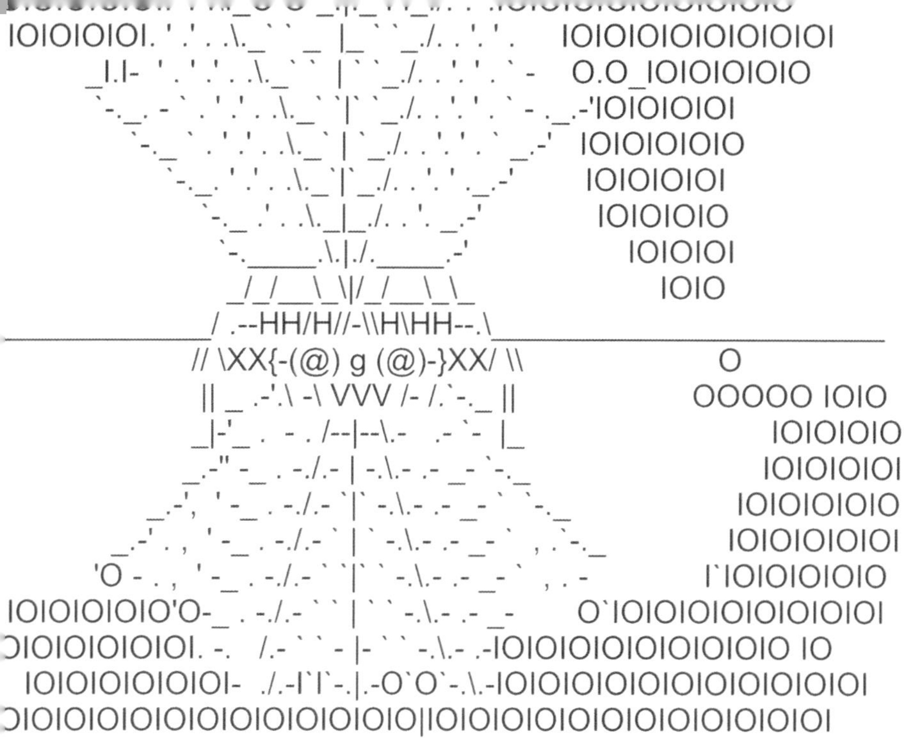

Cada bichito valiente se transforma en letras: sube en la burbuja que en su abrir y cerrar a la constelación de Estelar va, y el escarabajO da la bienvenida al encuentro astral.

En una pradera vibrante, donde todo era armonía, vivía un *charate* que, con gran destreza, producía su melodía. Saltamatas le llamaban por su andar singular, desde que Pedro, al jugar, le torció la pata, pero él, con autonomía y sin chinchar, adelante seguía.

A la pata coja y a saltos a la vez, recorría el campo, con pie firme y altivez. «No necesito ayuda, yo solo puedo avanzar», decía con orgullo, sin querer molestar.

Pero el aire, un buen día, sopló con tremendo furor, y Saltamatas se vio en un apuro mayor. Intentó saltar solo, pero el viento era tenaz, y entendió que pedir ayuda no era algo opcional.

Un escarabajo pasó, con fuerza y voluntad, y a Saltamatas vio en situación inusual.

—Amigo, déjame ayudarte, somos comunidad.

Saltamatas aceptó y su pesar dejó atrás.

Desde ese día aprendió que la autonomía es un gran valor, pero también lo es pedir ayuda sin ningún temor. Buscar apoyo no es debilidad, sino valentía, es un acto de amistad, de humildad y de alegría.

Saltamatas, con su cojera y canción, siguió saltando por la vida, a veces con ayuda y siempre con valor.

Nos enseñó que en la unión hay fuerza y calor, y que todos, en algún momento, necesitamos un favor.

Entre los pinos altos el viento susurra secretos, se desplaza la oruga procesionaria en su paso discreto.

Sus pelos urticantes son como agujas, su danza en fila, un ritual cautivo, se arrastran *seguidicas*, como penitentes, en un desfile de seda y peligro.

¡Cuidado, pequeños y grandes, con su veneno!

Esta oruga, en su procesión silente, puede causar estragos; no la toquen, no la vean.

La procesionaria, como un verso oscuro, teje su nido en las ramas de los pinos, y su danza es un misterio, un conjuro.

Los niños, curiosos y con canguelo, miran a la procesionaria en su marcha; los perros, sabios guardianes de la naturaleza, la evitan, olfatean su peligro y su carga.

En febrero descienden de los árboles, como una procesión de almas errantes, y se entierran en el suelo; en su crisálida, esperan la metamorfosis, el cambio constante.

La procesionaria del pino, entre retama negra y zarzamora, nos enseña que la vida es un ciclo, incluso en su peligro, hay belleza y memoria.

Bajo el sol radiante y sobre los campos dorados, la abeja ibérica danza en busca de su alimento. Sus alas zumbantes la llevan de flor en flor, como un verso libre en un libro de hierbas. Pero ¿qué ocurre cuando se cruza con una criatura similar, pero no tan amigable? La avispa, con su aspecto engañosamente parecido al de la abeja, es una intrusa en este poema.

Gloria Fuertes, con su voz sabia, le susurra al oído: «¡Abeja valiente, polinizadora incansable, tú eres la clave de la vida, la esencia misma, sin ti, las flores languidecen, el mundo es menos amable!».

Pero la avispa, con sus patitas afiladas, no comparte la misma nobleza. No poliniza, sino que acecha, inyectando veneno en su presa. Se posa en la caléndula silvestre, donde el néctar fluye como un río dorado, pero su intención es maliciosa. El amor entre sus pétalos celestes se convierte en un peligro latente.

Federico García Lorca, desde su rincón poético, le canta al viento: «¡Oh, abeja, mensajera de la primavera, tus alas son versos, tus zumbidos, poesía, en tu vuelo, la vida se renueva, se espera!».

La menta gatuna también la llama, con su aroma fresco y sus hojas verdes, pero la avispa no se deja engañar. No busca fragancias ni versos, sino presas y dominio. El pacto ancestral entre plantas y abejas se rompe cuando la avispa se infiltra como un eco discordante en el abanico de la naturaleza.

Las abejas, leales y amantes de las flores, siguen danzando en su vals de polen y amor. Pero la avispa, con su *abonico* de alegría y quejas, es un recordatorio de que no todo lo que zumba es benigno. En este poema, la abeja y la avispa se entrelazan en un conflicto ancestral, y la naturaleza observa con ojos atentos.

En el bosque de los bichicos, donde la naturaleza es un poema en movimiento, cada ser, por pequeño que sea, tiene su función, cumple su fulgor en la constelación, y, aunque a veces nos parezcan molestos, debemos, de corazón, respetarlos y quererlos, pues todos, sin excepción, son una preciada joya en extinción.

Bajo el sol de los días diminutos, donde las alas de los bichos se despliegan como secretos, allí florece el amor.

Es un cariño a lo imperfecto, a las patas torpes que exploran, a las antenas que buscan señales en el aire cargado de misterio.

A veces, en la quietud de la tarde, cuando el viento susurra entre las hojas, puedes escuchar el murmullo de los insectos, sus historias de lucha y supervivencia.

Y en ese instante, el sentimiento de aprecio se expande, se convierte en un abrazo a la naturaleza, a los pequeños seres que danzan en el escenario de la hierba alta.

Gloria Fuertes y Federico García Lorca se sientan juntos en la orilla del río, al hablar hacen pompas de jabón que devuelven a cada bichín a su casa estelar.

El amor bicho es el canto a la vida, la celebración de lo diminuto, la invitación a mirar más allá, a apreciar el ecosistema de los corazones.

En el tiempo despacio y lento, como el de los críos, muy atentos a lo que sucede alrededor, se teje la red invisible del afecto, donde cada insecto tiene su razón de ser, y nosotros, amables observadores, al cabo, aprendemos.

## Mensaje de la autora:

¿Os habéis fijado en las palabras en *cursiva*, como *abonico* que es hablar bajito? No vayáis a creer que están mal escritas: son panocho, así hablan en la *güerta* murciana donde yo nací. Y me hace ilusión que lo conozcáis.

as pompas se abren y cierran, nos llevan a las estrellas

```
M   M                                       l             b             h         t
MM MM ii                                    l             b    ii       h    ii   t
M M M         aa mmmm  ooo rrr       aa     l ooo  ss     bbb      ccc hhh       ttt ooo  ss
M   M ii     a a m m m o o r       a a     l o o  s      b  b ii c     h  h ii  t  o o  s
M   M ii     aaa m m m ooo r       aaa     l ooo ss      bbb  ii  ccc h  h ii  tt ooo ss
```

```
           , .''''.  ...    '''', .'
            ','     ,.MMMM;.;'      '.
             ;;    ;MMMMMMMMM;     ;;'
            :'M:  ;MMooMMMooMM;.  :M':
            : M:  MMMMMsisiMMMM:  :M  .
           .' M:  MMMMidemMMMMM:  :M. ;
           ; :M'  :MMMMMMMMMMMM'  'M: :
           : :M: .;"MMMMMMMMM":;. ,M: :
           :  ::,MMM;.M":::M.;MMM ::' :
         ,.;    ;MMMMMM;:MMMMMMMM:    :,.
        MMM.;.,MMMMMMMM;MMMMMMMM;.,;.MMM
        M':''':MMMMMMMMM;MMMMMMMM: "': M
        M.:   ;MMagiaMMMMMMMMMMMM;   : M
        :::   MMMMMMMMMMM;MMMMMMMM   ::M
       ,'';   MMMMMMMMMMMM:MMMMMMM   :'".
      ,'   :   MMMMamorMMMM:MMamorM   :   '.
     '     :  'MMMsigueMMMM:MaHlasM   ;     '
     ,.....;.. EsstrellasMMM:MMMMMM ..:....;.
     :MMMMMMMM MMMMMMMMMMMMM:MMMMMM MMMMMMMM:
     :MM""":"" MMMMMMMMMMMMM:MMMMMM "": "'MM:
      MM:   :  MMMMtutuMMMM:MMMyooM  ,'  :MM
      'MM   :  :MMMMMMMMMMMM:MMMMM:  :   ;M:
       :M;  :  'MMMMMMMMMMMMMMMMMM'  :  ;MM
       :MM. :   :MMMMMMMMMM;MMMMM:   :  MM:
        :M: :    MMMMMMMMM'MMMMMM'   : :MM'
        'MM :    "MMMMMMM:;MMMMM"   ,' ;M"
         'M  :    """"":;;;"""""    :  M:
         ;'  :     "MMMMMMMM;."     :  "".
       ,;    :      :MMMMMMM:;.     :    '.
      :'     :    ,MM''"""''':M:    :     ';
     ;'      :    ;M'        MM.   :       ;.
   ,'        :    "          "'   :        '.
   '        :'                    '         ''
 .          :                     '          '
'          ;                      ;           '
          ;                         '
```